BLUME

Título original *À bas les murs !*

Edición y dirección artística Alain Serres
Maquetación V.D.+K.O.
Traducción Laura Collet Texidó
Coordinación de la edición en lengua española
Cristina Rodríguez Fischer

Primera edición en lengua española 2018

© 2018 Naturart, S.A. Editado por BLUME
Carrer de les Alberes, 52, 2°, Vallvidrera
08017 Barcelona
Tel. 93 205 40 00   e-mail: info@blume.net
© 2017 Rue du monde, Francia

I.S.B.N.: 978-84-17492-47-2
Depósito legal: B. 21171-2018
Impreso en Tallers Gràfics Soler,
Esplugues de Llobregat (Barcelona)

WWW.BLUME.NET

Este libro se ha impreso sobre papel manufacturado con materia prima
procedente de bosques de gestión responsable. En la producción de nuestros
libros procuramos, con el máximo empeño, cumplir con los requisitos medioambientales
que promueven la conservación y el uso responsable de los bosques, en especial de
los bosques primarios. Asimismo, en nuestra preocupación por el planeta, intentamos
emplear al máximo materiales reciclados y solicitamos a nuestros proveedores
que usen materiales de manufactura cuya fabricación esté libre de
cloro elemental (ECF) o de metales pesados, entre otros.

¡ABAJO LOS MUROS!

BLUME

Éric Battut

—El rey León ha muerto. ¡Viva el rey!
Mientras el pueblo llora la pérdida de su querido rey,
¡sus dos hijos se pelean para sucederlo en el trono!
¿A quién le pertenece el reino? ¿Quién merece los honores?
¿Cuál es la solución?

—Todo lo que es rojo será mío —afirma el príncipe Gastón.
—Y mío todo lo que es azul —añade el príncipe Gedeón.

—¡Rápido! —exclaman ambos príncipes a sus súbditos—.
Transportad vuestras casas: ¡los rojos al oeste...

—... y los azules al este!
Todos obedecen enseguida sin protestar.

—Para mayor seguridad —afirma el príncipe Gastón—,
¡construid un muro en ambos reinos!
Y los súbditos, sin demora, toman las piedras del castillo.

—¡Estará prohibido cruzar la frontera! —añade el príncipe Gedeón.
Y los súbditos, obedientes, empiezan a levantar los muros.

Al final del día, el sol se pone
e ilumina los muros tan altos
que a partir de entonces separarán los dos reinos.

—Ahora, ¡a dormir! —ordenan los príncipes
a sus súbditos—. ¡Está absolutamente prohibido cruzar al otro lado!

Los habitantes de ambos reinos obedecen,
y se acuestan pensando en sus amigos
y familiares que están al otro lado.

Cae la noche a ambos lados de los muros,
pero los niños no pueden dormir.
Bajo la luz de la luna, pasean y piensan
en los que viven al otro lado.

De repente, los niños sorprenden
al príncipe Gastón y al príncipe Gedeón
escalando los muros...
¡con cestas llenas de provisiones!

Días después, los niños del país del príncipe Gastón
construyen una extraña máquina de papel
con la esperanza de obtener más información.

—¿Para qué sirve este chisme?
—preguntan los mayores.
—¡Lo sabréis si os comportáis! —responden alegremente los niños.

En el país del príncipe Gedeón,
los niños también construyen una extraña figura de papiroflexia.

—¡Qué artefacto más raro! ¿Para qué sirve? —preguntan los adultos.
—Lo sabréis si os portáis bien
—responden los niños alegremente.

Luego, a ambos lados de los muros,
los niños invitan a los adultos
a subirse a su avión.
¡Aúpa! El viento sopla y...

... los dos maravillosos aparatos
despegan.

Sobrevolando las nubes,
se acercan uno a otro.
— ¡Vamos! —gritan los niños—.
¡Hacia los muros!

Cuando los aviones de papel sobrevuelan los muros,
todos descubren la escena, estupefactos:
¡El príncipe Gastón y el príncipe Gedeón se están dando un festín!

La gente empieza a gritar:
—¡¿Ellos sí tienen derecho a comer juntos?!
—Además, ¡aquella es mi cesta! —exclama una señora mayor.
—Y yo reconozco la mía, ahí —añade un señor.

Al ver los aviones
sobre sus cabezas,
ambos príncipes son presas
del pánico...

Cuando el pueblo les ordena
que derriben los muros
para construir en su lugar
un bonito camino que una
el este y el oeste,

el príncipe Gastón y el príncipe Gedeón
obedecen.
¡Y sin rechistar!

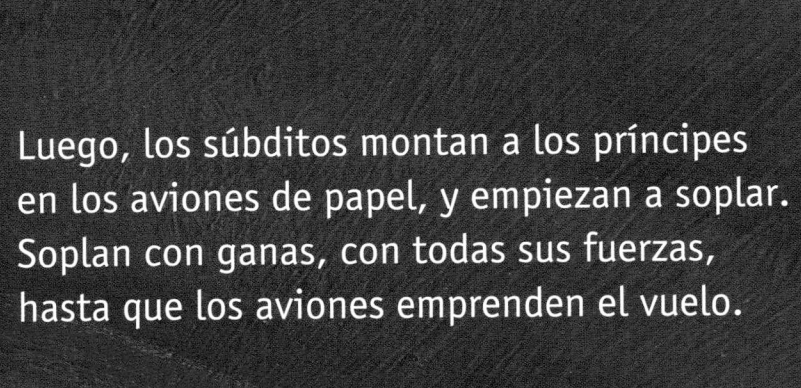

Luego, los súbditos montan a los príncipes
en los aviones de papel, y empiezan a soplar.
Soplan con ganas, con todas sus fuerzas,
hasta que los aviones emprenden el vuelo.

Aquella noche, alrededor de una magnífica hoguera,
todos celebran hasta la madrugada
el reencuentro con sus amigos y familiares.

Desde entonces, dos príncipes dan vueltas
y más vueltas alrededor de la Luna,
sobre aviones de papel
que un día inventaron los niños.